年代诗丛
第三辑
韩东 主编

社交恐惧症

方闲海 著

江苏凤凰文艺出版社

图书在版编目(CIP)数据

社交恐惧症 / 方闲海著. — 南京：江苏凤凰文艺出版社, 2025.1(2025.4重印)
(年代诗丛 / 韩东主编. 第三辑)
ISBN 978-7-5594-8098-9

Ⅰ.①社… Ⅱ.①方… Ⅲ.①诗集－中国－当代 Ⅳ.①I227

中国国家版本馆CIP数据核字(2023)第215202号

社交恐惧症

韩东 主编　方闲海 著

出 版 人	张在健
策划编辑	于奎潮
责任编辑	孙楚楚
封面题字	毛 焰
装帧设计	周伟伟
责任印制	杨 丹
出版发行	江苏凤凰文艺出版社
	南京市中央路165号，邮编：210009
网　　址	http://www.jswenyi.com
印　　刷	苏州市越洋印刷有限公司
开　　本	787毫米×1092毫米　1/32
印　　张	7.5
字　　数	122千字
版　　次	2025年1月第1版
印　　次	2025年4月第2次印刷
书　　号	ISBN 978-7-5594-8098-9
定　　价	48.00元

江苏凤凰文艺版图书凡印制、装订错误，可向出版社调换，联系电话 025-83280257

目 录

2001

　　e 夜 　　　　　　　　　　　　　　　　003

　　这一个作品 　　　　　　　　　　　　　005

　　跟一个单身汉通电话 　　　　　　　　008

2002

　　大盗 　　　　　　　　　　　　　　　　011

　　当我面朝他们 　　　　　　　　　　　　013

2003

　　梅陇站 　　　　　　　　　　　　　　　017

　　特别快乐 　　　　　　　　　　　　　　018

　　早晨干什么 　　　　　　　　　　　　　019

　　在下午等一个电话 　　　　　　　　　　021

2005

　　在西直门 　　　　　　　　　　　　　　025

2006

 幸运的时刻   029

 这是一个重大的纪念日   030

 无题   032

 三月的猫   033

2007

 我是射手座   037

 月夜   039

 失落   040

 走进故乡   041

 鸟死了   043

 写字   044

 中国盆景   045

 失忆   047

 我看见了曙光   048

2008

 探访病友的一次糟糕经历   051

2009

 又见诗人   055

2010
人像 059
幸运 060
人生的一次开场白 061

2011
山寺 065
在钢琴店 066
被点燃的蜡像 067
致青年 069
诗一直存在 070

2013
听劝 075

2014
人物速写 079
对象 080

2015
杨黎出租房里的一张桌子 083

2016

如此众多	087
苍山	088

2017

野猫	091
社交恐惧症	093
祝生日快乐	095
在青春期的某个下午	096
活着的是恐龙	097
段子与诗	099
一条乌云	100
失恋之夜	101
一首抑郁的诗	102

2018

写诗	105
童话	106
骗子们	107
第一次谈话	108
结束四月	111

笑	112
运钞车	113
在 1938 年	114
回到写作	115

2019

脸	119
陶渊明	120
四月的最后一个清晨	121
去抓一个比贼溜得还快的闪念，宣告失败	122
白色跑车	123
中国式句号	125
客观描述	126
下午的风	127
抑郁的开心的夸张的笑脸	128
傍晚看一张狙击手的相片	129
在小溪边	131
借	133
书法	135
中秋事件	137
谁是诗人	138

在大海的另一面	139
释义	140
演唱会	141

2020

诗的天性	145
好的	146
读奥登	147
在海岛	148
修改博士论文	149
爱情只是下赌注	150
正午时爬上山坡看白云	151
威尼斯的 LV	152
神秘人	153
虚无之诗	154
49 岁生日诗	155
写作方法	158
没有答案	160
年轻的 N 次方	162
失眠阶级	164

2021

新年新诗	167
图像制作	168
某一年,寒冷的大海	170
海岸	172
多莫尼火山口	173
一扇军绿色框的窗户	174
在杭州和于坚晚餐	175
荷马	176
在一个没有名字的酒吧	177
论艺术	179
雨滴共情	180
新闻 316	181
一只飞蛾	182
午夜	183
六月的一只斑鸠	185
失控的夏天	186
眼睛也开始花了	187
树发疯	188
宿醉	190
乞丐	192

身体是大诗	193
彩票	194
吃晚饭	197
备忘录	198

2022

找猫	201
夜行	203
海鸥	204
题自画像	205
新闻 424	206
善意提醒	207
美妙无比	208
入梅	209
最初的空白	210
苍茫的大海已心生波涛的倦意	212
音量研究	213
布考斯基在晚年	214
斯德哥尔摩	215
新闻 471	216
词	217

2024

 六月游武夷山及一个男人的故事   221

 除夕之夜   222

 1948 年,在北平的故宫拔草   223

 天台寻寒山   224

 一个说明   226

2001

e夜

他点上了一根烟

燃着

燃着

他一直注意着燃着

但他好像什么都不注意

一截烟灰带着几个烟圈带不走

的重量

跌落在鸭绒被上

粉碎了软的身子

他似乎注意到了

但他只是下意识地抖了一下

裸露的肩膀

肩膀很快又靠稳了床头

一动不动

他的眼睛也一动不动

他身旁的一坨软乎乎的

白皙的肉

此刻

也一动不动

这是他的爱

片刻之前

爱刚刚从回味中

燃尽它

一根烟的

长度

这一个作品

从出租车上
下来
远远望见
南山路的街角

有一对拥抱者

我边走边想

经过一对依依难
舍的拥抱者
这比经过一个城市雕塑
的下三烂
艺术品
要赏心悦目

而当我接近时
答案是出乎意料的

我观察

到

这是一对

无精打采

的拥抱者

这是两个下垂的头颅

丧气地黏合在

一起

没有欢乐

没有悲

甚至没有

让人停顿的

一分钟的

寂静

我以忐忑不安

的心情

离他们

远去

我一直在
琢磨

这一个作品

跟一个单身汉通电话

这一个星期
我在深夜跟登备通了
几回电话
他每次"喂"的声音
都很轻

刚才我又跟登备通了
一回电话
他"喂"的声音
还是很轻

我就有了想法
过几天再给登备
一回电话
听听"喂"的声音
是否依然很轻

2002

大盗

每天早上
刷白了前排的牙齿
剔尽一夜噩梦的炉灰

让后排的牙齿藏下一点污垢
装潢成老电影院的后座

活得一天比一天疏忽
为了感恩一夜爆发
腿肚子发着软
金砖上磨钝的牙齿
也不再去撕烂新鲜的人肉了

就那样每天早上站着
握紧牙刷
挤上牙膏
懒洋洋地
瞧一瞧窗外

这不就是你们泄密的幸福

无所事事安度余生的日子

将满腔的恶臭

一口驱散在捣鼓捣鼓的命运中

就是这样一个大盗

实现了你们实现不了的现实

得了本届电影节最佳男主角

我说大盗，呵呵真有你的

还刷白了前排的牙齿

当我面朝他们

当我面朝他们
侃着艺术
艺术变得重要

他们和我
变得越来越不重要

我们随时
可以牺牲自己
以证明人类对艺术的
虔诚。没人吭一声
那是狗屎不如
当我面朝他们
在一间四面墙壁一面天花
板组成的教室里

当我屁股对准着面朝黑板
的他们

一起思考艺术

当我转身抹去字的白色粉末
我听到他们窃笑
听到他们喉咙底涌动的咿咿呀呀
年轻像极了一群暗礁

2003

梅陇站

他们中也有不带一件行李的

他们

稍微动动

站着

看报或聊天

挖鼻孔剪指甲

他们中也有青年

目光呆滞的酷

叼着一根中南海

香烟

他们中也有早早挤在检票口的

只等撕票

反应热烈

他们中也有一群乌合之众

只等像

列车鸣的一声

消失在轨道上

特别快乐

与他走在一起
我特别快乐
他在谈恋爱
他的女朋友我也
很喜欢
但不是他的那种很喜欢
所以我特别快乐
我看到两个我很喜欢的人
这么年轻
我怎么能够不快乐呢
与他走在一起
他想告诉我第一个吻的细节
我摆摆手特别快乐
而我从未记住我第一个
吻的细节

早晨干什么

当山脊一棵树的形状再一次
被早起的我发现而它的叶子
生长在我依然懒得弄清的秘密中

当我从梳子上取下脱落
的几根头发而在镜子中再一次
发现自己的脸与
昨天没有多大区别
显得对称

那些把生命延长一分一秒的人
已经登上了山脊
贪婪地呼吸新鲜的空气
放眼大地
发出了非人的长啸

直到传进我的卫生间
我还在镜子中仔细

观察自己的人样

刷牙

剃须

洗脸

给头发抹油

给头发切分

一边还听着收音机里的伊拉克新闻

当太阳已经从山脊全盘托出

阳光穿进了我的卫生间

那些山脊上的人正满头戳着

太阳的刺

高兴得不得了

在下午等一个电话

我坐在椅子上
身子软塌塌的
舒服地活着

海豚在海滩上
吹嘘着波浪的生活
然后死去

我有一丝预感
我也有一点发疯的念头
在头顶的云层盘旋

大地远着
但被我坐着
大海远着
但被海豚带来

我允许自己在想象中
再想象出一点现实
但不要超现实

2005

在西直门

在西直门

我尾随人群

悄悄下了地铁

有人将掐灭

的烟头

重新点燃

起雾了

也起了风

我看到

轻浮的事物

在人群中轻易

获得了

自由的形式

2006

幸运的时刻

幸运的时刻就是那样
清晨的两个人影陷落在遥远的风景中
像小鸟一样偎依
让我一点感觉不到人的力量
只有美好的柔软

他们聊天的内容
消失在或许容易让我厌倦的声音中
他们或许是明天的杀人犯
在太阳升起的时刻密谋

这是一个重大的纪念日

我父亲
垂着屁股
在餐桌边

头一次
开口
他半耷拉着
脑袋
小心翼翼
的
模样

使我
心里
重重
咯噔了一下

经过地球

疯狂

的

N次旋转

之后父亲

魔术般地

在今早

变回了

一个孩子

坐在

我面前

要

零花钱

无题

生活
都是
离谱的

几乎每个人
都是
业余的
音乐家

竖着耳朵
世界好像

在动荡

却不是美妙的音乐

我足不出户的邻居
因此干脆聋了

三月的猫

猫发情的声音

越来越像卡拉 OK

而猫打架的声音

越来越像电子杀人游戏

在三月

隐忍的年代

我倾听深夜的猫

喷出漆黑的声音

猫干下两件好事：发情，打架

及时给我展现

时光中

完美的伤残模式。 得鼓掌谢谢

2007

我是射手座

我仰头
但我不爱星空
到处是扎人的碎玻璃

但我为何
依旧喜欢注视
注视一种伟大的整体
直到它将我从大地上
轻轻提走

但我情绪突然不宁
有人在
爱你
并分泌眼泪
我早警告过自己
爱是不匀的分赃

我只

占有自己
将时间
出卖给明天
牟取暴利
明天是畜生投胎的日子

一层一层剥掉的脸
已经不知去向
我已经剥掉
三十六张
狗脸猪脸

奉劝爱你的人
不要收藏了去
它会贬值

月夜

从断桥踏入白堤

抵达孤山

寻访我的旧居

过楼外楼

出西泠桥

经过滑稽的

苏小小墓和武松墓

绕到苏堤

整个西湖素面朝天

东面的霓虹在高楼闪烁

像是我的一丝丝喜悦

杭州的月夜

就还剩着三个诗人

没有朗诵

却相互打着伟大的哑语

失落

只有艺术家

欣赏我

于是我就

放弃了

艺术

而现在

只有诗人

欣赏我

于是我就

考虑

放弃诗歌

我不喜欢

同行

走进故乡

在我心中,它现在
已经小得像一只婴儿的摇篮
以前是童年无边无际的天堂
小码头伸向大海
灯塔在黑暗中闪烁

青壮年被城市俘获
村里仅存的老人
我回去一趟就少一个
这一次回去
海滩边乘凉的七八个
我怎么看都像是一个个的无价之宝
但只能是短暂摆设的活化石了

我已经不敢走进故乡
就这一次
甚至我不愿意带我所爱的人走进故乡

它包容我生命中最原始的秘密

有我的生

有亲人的死

有离别

有一切衰老之疼痛

鸟死了

旅途中
我喜欢阅读一本诗集
而在人堆积的地方
譬如有一次
公交车上
我却有过阅读诗集而不爽的经验
就因为诗
一行一行的
边上的人以为我
读到了天书
为了使他们诧异的目光
重新变得像现实一样黯淡
我必须合上书
我必须合上任何一首打开了翅膀的诗

写字

大巴在山岭绕圈
青山绿水间
又分明是穷乡僻壤
到处在烧荒
一个红衣小女孩
趴在木凳子上
在院子埋头写字
身后土墙
挑着几大串玉米棒
没有爆米花
她在写什么字呢
字有什么用

或许
她在画一张卡通

中国盆景

邻居大叔稳坐院中
雕凿一株植物

铁锥和铁锤
敲打出
黄昏的金属声音

我弯下腰
凝视着平凡细节的升华

一株年轻的植物
从根子到脖颈
已经伤痕累累

像一个历尽沧桑的小老头
却抽出生命中细嫩的枝叶

大叔指着满院子的盆景

对我谦虚着

如果艺术家来做这一个盆景

那就是不得了的美

我略表同意

伤害是创造美的源泉

越深越好

在美的王国

艺术家最是没心没肺

失忆

滚烫的两行热泪
顺着眼角
我刚才打了个呵欠打的

车窗之外
景色正被装入黄昏
往黑暗移动

都是疲惫的
都是无辜的

没有人知道
何时是最后一次分离
因此
拥抱的时候
一次比一次冷淡

我看见了曙光

无非是将昨天看过的东西
再看一遍
跟一个盲人用手反复摸着黑暗
毫无区别

我不新鲜了
世界就腻了

2008

探访病友的一次糟糕经历

当我推开病房
病床上这位已穿了
一年多
天蓝色条纹病号服的神仙
没理我
他只顾跟自己招手

一个植物人
正在挨他老妈的训斥
为他曾娶了一个临阵脱逃
并分割了家产的老婆
一个老女人怨恨一个年轻女人
如数家珍
挥霍着她几乎一辈子的人生经验
现在为了自己所生的一个男人
流着老泪
软绵绵地坐在病床上
人生处于低谷

但整个病房里

求救的信号非常微弱

输液管不断地滴着液体的灵魂

而谁又不是病人呢

我束手无策

当她语速突然递减

当我搂抱她瘦弱的肩膀

安慰她时

她怎么突然变成了一个身体虚脱的孩子

护士护士……

我冲到医院的走廊上

大声喊叫

2009

又见诗人

开阔的额头
紧锁的眉头
天生热爱思考的容貌
这一丁点都没变
但有点过时了
他就是我高中时代的诗友
校园诗社的创立者之一
叶芝的崇拜者

在深夜又见诗人
二十年翻过去了
像一页草稿纸铺在我眼前
此刻
故乡的县城电视台节目
正在循环播放地方法院的一则通告
我见到他的彩色照片
下面附着他的姓名年龄住址工作单位等信息
以及最丢脸的

七万元金额的债务

我不知他如何欠下的债

二十年前他为出版自己的处女诗集

欠下一百元

被一帮烂仔追打在小街上

我想象出

二十年后他为出版自己的牛逼诗集

欠下七万元

被地方法院追打在电视上

第二天的深夜

我头靠着枕头

在同一个频道同一个时间

等他

他不知我在等什么

我在等一位永远消失的诗人

2010

人像

我是你影集中
最耐看的人像
你亲口对我说的

它曾目露凶光
面对你我之间难以填平的沟壑
吹着欢快的口哨
直到有一天我们不再见面而它变成了一个遗像

幸运

耀眼的阳光缠绕着一个北欧姑娘
使她脖子上的刺青显得清清楚楚
在一个三百六十度的性感弧面上
正面刺着"my family"
右面刺着"幸运"
坐在同一班地铁上
姑娘被我盯得害羞起来
她不知道
这是我离开中国之后
头一次见识到:幸运

人生的一次开场白

八十岁的草间弥生在电视采访中
布满枯筋的双手紧握话筒
她像婴儿一样虔诚
张口便说
"在以后漫长的人生中……"

2011

山寺

在千篇一律的诵经中
我误食麦克风

在厌倦不时袭来的祈祷中
我伸出了第三只手

促膝长谈
来自影子跟它的影子

陌生如宇宙之空虚
熟悉如亲人繁殖着仇人

一个专制的父亲比一个陌生的独裁者
伤害你更深更久吧

于是谈话在冬天戛然而止
我们同时听到一场白色暴雪压断一根树枝在漆黑的
眼前

在钢琴店

我用手指猛烈敲击
事实颠倒的黑白
试听生活主旋律

服务生微笑着
朝我贴近
我没法向她解释神秘的来生
我一定买一架钢琴练习作曲

在错乱的旋律中
一切爱
都将变成一场壮丽的火灾
十根手指
都将变成饥肠辘辘时的刀叉

被点燃的蜡像

爱情这么仓促
我还在缓慢地构思

黑暗中乳房像明月升起
正人君子在月光里散步

开始是产生写作冲动
在白色幻影里
填塞无数
指甲盖大小的感觉

接着是自动放弃
一生有几十个春天几十个
冬天的私生子
还有可以一笔带过的初恋

它并不一定
吻合

另一个初恋

虚无的主
被自己的厌倦点燃

致青年

要多去认识有意思的人
没意思的人
你认识他们干吗呢
还不如去认识一棵有意思的树
它能招风也能让鸟做窝
没意思的人
他们什么都正确

诗一直存在

我必须中断写诗
中断词与词的非法同居
它们有羞耻
在这个时候

我必须
等找到一个读者再写诗
在洪荒时代重临之际
或许是
等走下飞碟的第一个外星人

写下一首诗吞咽下一颗药片
让自己保持镇静冷静安静寂静
狂热随暴风消逝
词与词摩擦
声音清洗温暖的耳道

诗

一直存在

只是偶尔

没有一点光芒

2013

听劝

他借着酒劲反过来劝我:"你也不用劝,就让我俩一辈子吵下去吧,我敢打赌,死了以后,我俩就会在九泉之下,重新恋爱,活得开心。"
我说:"我听说活着时爱过的人在下辈子就永不会相见了。"
其实
这句话是我杜撰的,为了此刻让旁听者上帝的心里好受一点

2014

人物速写

那个年轻男子西装笔挺

站在清波门的三岔路口

等绿灯亮

他侧着油光光的头

用小指甲

掏着

一只肥大的

看起来

挺有福气的耳朵

在路口不远处

有一家刚装修完的工商银行

对象

房东大姐问我有无合适的对象

介绍给她女儿

她说以前托人给介绍过几个

但年龄都太接近

她反复提醒我

两个人最好相差五岁左右

三十岁的男人

都还在玩

2015

杨黎出租房里的一张桌子

像是一张麻将桌

又貌似餐桌

桌上有一只不锈钢烟灰缸

圆形的

里面丢着两根烟蒂

还有一只更大一点的玻璃烟灰缸

空空的

桌上还有一只黑红色鼠标

一本韩东的诗集

一只手机

手机屏幕已摔得稀巴烂

看上去像一幅传统山水画

桌上最显眼的

是一个棕黄色封皮的十六开笔记本

薄薄的

封皮上有被从厨房里端出来的热锅

压过的弧线痕迹

有点脏

但我翻开了它
杨黎的字迹
左页上用圆珠笔
写着三行字：

翻遍了手机
都找不到
一个可以借钱的朋友

2016

如此众多

说不清楚是什么

也许是前世杂念

野蜜蜂嗡嗡嗡

屎壳郎沿一条直线推着粪球

感恩桥北

103 公交车站孤零零

胖女人抬起了腿

屋顶寂静

这里是坟场

这里一定存在活着的仪式

阴影对称

我慢慢地移动

宋城的小贩也慢慢地移动

挑着

擦洗干净的水果

苹果樱桃香蕉和梨

苍山

苍山蓄满了力量

催促劳作的人在黄昏后滚下山腰

鞭打每一棵树

入冬前必须从每一根枝条落下叶子

清晨醒来

我看见它越来越清晰的面容

菩萨保佑穷人

让昨天的狂风也终于闭上了大嘴

2017

野猫

可惜它不吃蔬菜

否则我

肯定在今晚煮一锅

给它吃

讨好它

它瞪着我

用两股电流

电击我

永远跟我保持

四十厘米的距离

不让我摸着

这是最神圣的

爱情的距离

它一定在黑夜见过黑暗的大世面

凭这感觉

我一直认为那只野猫

能跟我聊点诗

社交恐惧症

已经变成一个
不健康的动物了
尽管我
没有照镜子

昨天的一首诗没有写完呢

在快乐的人群中
转悠
一圈或两圈之后

我又开始焦虑了
就像今天有一颗
被投往湖泊的
石头

快速飞行

经过一条恐惧的弧线

接受水的道歉

才慢慢

沉
入
淤
泥

祝生日快乐

我找出 2013 年留在诗稿上

最快乐

最像你的两句

今晚送给你

"月光下的野草

死抓着泥土不放,在风中癫狂"

在青春期的某个下午

记得我在青春期的某个下午
有点苦闷
坐在老家的海边
写点东西
我才发现
身边坐了一位高手

大海
用波涛分行
教我写诗

活着的是恐龙

天又亮了

是的
天又亮了

从窗帘缝刺进来
晃眼的一刀
挑开你的生活

上班的时间
像滴答滴答的
监狱里渗漏的水
使人紧张
忘了系紧
最后一根
鞋带

大饼
裹

油条

鸟
用唱歌

发泄

而我们

用公交车上的沉默
斑马线前的大哈欠
人行道上的一个跟斗

我们忍着

幸亏恐龙没有见识人类
多么能忍
否则
在这一个清晨

活着的是恐龙

段子与诗

把段子
写成一首诗

或把诗
写成一个段子

其中的难度
我懂

对于诗人来说
就是
从一架爬向天堂的梯子

纵身一跃

跳到
另一架
爬向屋顶的梯子

一条乌云

一条乌云
像一口漂亮的棺木
悬在黄昏的山谷上

我从山谷仰望
停止了想你

失恋之夜

我睡不着
我爬到旅店墙角的镜框里

叫那只迷人的长颈鹿
下来
睡我的床

在长颈鹿彻夜难眠
在草原之梦和迁移之梦的
相互纠缠中

我在镜框里
舒舒服服地睡了一觉

一首抑郁的诗

我用玫瑰的书面语
向你表达口语的爱情

2018

写诗

写诗

是为了

永不说

人类发明的

我爱你

写诗

是为了

说出

比

我爱你

更飞一点的东西

说出

天空里

死亡的

鸟语

童话

读安徒生童话
读王尔德童话

我最后读到了
童话里的现实

一个因长得丑一辈子没能娶上老婆
一个因同性恋获罪毁了一辈子

骗子们

他们认为

诗

要写成一座

大洋中

沉浮的冰山

分量足以让

处女航的

泰坦尼克号沉没

体量

应包括

看不见

却更庞大的

生活本身

第一次谈话

那是一个好日子
我陪妈
坐车到半山腰
又沿小路
徒步到更高处

来到刚买的
她崭新的墓地

邻居众多
往下看
一只青绿色水库
在艳阳下眨眼

我说妈
停水了
你可以下去打水
洗衣可不行

从墓地远眺
一片
安静的大海
一个盘踞的
小海岛
那是我出生之地

我说太好了
能看见老家

妈似乎还不太满意
墓地太高
爬上来累
爸也已放话
死后不愿跟她住一起
以免延续一辈子的争争吵吵
我沉默

只能沉默

但我依然跟她表达

我很喜欢这

植物葱茏的山坡

静谧漂亮的水库

能看见最爱的海岛

听了她心情好了点

那是

妈第一次带我来到她的墓地

妈在自己的墓地

第一次和我谈话

2018.4.5　傍晚　星期四　清明节

结束四月

唤醒冻土里的草籽

春天却永远徒劳

年复一年

四月的小草

朝盛夏长去

笑

我有三天
没见人了

早晨
路过
自己房间的
一面镜子

我停下来

笑了一下

于是我看到了一个傻笑

一件
稍纵即逝的作品

运钞车

一辆电动三轮车
闯红灯
从我坐的出租车擦过

男人光着细膀子
抓着车把
女人挤在他边上
用头巾擦着汗
两人押运着满满的
一车子钱
大过车身的两倍

晴天烈日之下
那一辆运钞车在滨江大道
疾驶而去

没人敢打劫
这阴间地府流通的纸钱

在 1938 年

他们在镜头里热情拥抱了一下

但这一个拥抱
没有起到和平的效果
第二次世界大战
在第二年便打起来了

也有人问起
他们究竟是谁？　答案是
管他们是谁呢

谁都会拥抱
除了耶稣一人
他张开了双臂
就不再合拢

回到写作

每一年都在失去每一月

每一月都在失去每一天

每一天都在

失去每一小时

每一小时都在失去每一分钟

每一分钟都在失去

每一秒

——善良的骗子这么说

当爱情恍如一阵风消逝

剩下窗前的一棵树

我也就信了

这世界

时光静静地倒流着

我坐回一个阴雨天

回到嘀嗒嘀嗒和滴答滴答的写作

2019

脸

脸
真是一个大窟窿
再多的快乐
也填不满它的忧伤

陶渊明

今天我最想一起喝酒的人是你

如果你想谈诗

我就谈点别的

天晴

云朵稀薄

有点尿黄

菜市场的早上和傍晚

人最拥挤

猪肉正在涨价

四月的最后一个清晨
——献给 HH

一只小蜘蛛

在我临睡之前

在窗沿织网

忽上忽下

忽左忽右

多么勤奋的孩子

或许还是天才

除此之外

一只小蜘蛛在阴雨天

放着鸟鸣的轻音乐

背景是一团团迷雾

织生活的网

我想

不该让四月的懒汉们逃避命运的惩罚

去抓一个比贼溜得还快的闪念,宣告失败

黎明前
窗底下的霓虹城市已烧成一堆炭
需要浇一场春雨
迅速冷却

这个浪漫的馊主意
好像哪个诗人在哪首诗里也提起过
但已没人吱声

群魔乱舞的时代
诗人埋头写诗

但总有人打捞沉船
切断生锈的铁锚
总有人
挖掘地下无数被掩埋的头骨
重新擦亮

白色跑车

一辆白色跑车
突然
在水泥浇筑的海塘上停下来
一个穿黑色西服的中年男子
从车里钻出来
就他一人

偶尔
我的脑海里会闪过这一段影像
黑白的
并一刻不停地闪烁

他一直站在海塘上
双手撑着腰杆
远远地眺望一片浑浊的海面
没从沙滩走下来

他对眼前的大海
若有所思

像一个房地产开发商
正在盘算如何搞定大海上的
某一块黄金地皮
卖给鱼群安身

记得
他朝我斜了一眼
我正在沙滩上捡小贝壳
白色跑车看上去像一口纯洁的棺材

他应该是一个有意思的人
面朝大海
默默聆听
至少在那个冬天的下午
海浪安抚着沙滩
反复演奏低沉的极简音乐

当我再次抬头
那辆白色跑车已不见了
一块苍白的天空
像被海浪驱赶的泡沫
浮在他曾站立之处的上方

中国式句号

死对于生

是一个拥有迷人深渊的句号

。

它试图描出

渺小和无限之间的

圆心

不存在界线

客观描述

踏进朋友的家
脱鞋的间隙
我瞄到门正对面的墙
巨大的彩色婚照
不见了
变成了空空的白墙
我走近
那两颗悬挂照片的铁钉
像一组极简派作品
镶嵌在墙上
它们之间的距离
还是当初的距离

下午的风

今天下午的风
是一个小提琴手
忧郁空灵的琴声
让斜坡上的百年老树琢磨心事似的
不断地摩挲着叶子

而我记得上一次的风
应该是一个鼓手
那急促暴烈的鼓点
吓得一只从清晨赶来的黑色山猫
跌入了黄昏的深渊

抑郁的开心的夸张的笑脸

拜网络所赐

让我认识了一些抑郁症患者的脸

那些笑脸

挂在社交网站上

开心的夸张的笑脸

比十六的月亮

笑得更圆

更抑郁

更遥远

注定不会变成天使

但也是为了飘过深邃的夜空

傍晚看一张狙击手的相片

原本就一个鄂温克族打猎的

生逢二战

被迫将枪口从瞄准动物

转向更高级的动物

他受伤 8 次

但赢得 367 次击杀战绩

包括一名纳粹德军上将

他还是伟大的教官

训练出 150 多名优秀狙击手

去捕猎人

他把

红星勋章

红旗勋章

列宁勋章

——别在军装胸口

抽着铜制的烟斗

他眼前的一团迷雾

我们并没见着

我们只知道

他出生在 1900 年

取名谢苗·诺莫科诺夫

苏联卫国战争爆发时

已年过四十

希特勒未能让他断子绝孙

他膝下有福

9 个子女 49 个孙子女

填补战后人口的漏洞

晚年

他那张苦涩的脸上

开阔的额头

比任何一个反战的诗人额头

更冷静

似乎已不是任何思想的容器

几排舒展的皱纹像大雁

迁徙在寒冷的西伯利亚

完成一生的宿命

在小溪边

在小溪边
烈日晒着一张
空荡荡的蜘蛛网
中午我经过
主人并不在
也没猎物

第二天
我又经过
烈日晒着一张空荡荡的
蜘蛛网
在微风中颤抖
我又没见到它的主人
几只野蜜蜂
嗡嗡嗡地盘旋在
附近一棵梨树上

盛夏已逝
我听到蜘蛛网下

溪水淙淙
唱着——万物流连忘返
但总有一种黑白记忆
空缺在
我想见证的彩色欲望里

我清楚
织一张蜘蛛网的技巧
和工作量
暗示着捕获
和生存的决心
这类似于中年写作

但在写手隐匿和盛夏
已逝的此刻
人人皆是不显形的猎物
暴烈语言将在诗中涌起

这个夏天的问题
答案只能是秋天
我已在小溪边找到线索

借

从借一块橡皮
到
借一块钱
是童年跨越到少年

从借一辆自行车
到
借宿一夜
是少年跨越到青年

从借一本禁书
到
借一步说话
是青年跨越到中年

多年前
有一个人客气地
问我

能否借一点时间
一起吃个饭

这是一个重要转折

那人是温州人
做大生意的
他让我突然摸到了自己
空荡荡的身上
其实
还剩了点什么

书法

从一个遥远的窗口
我看到一位年轻人
正在练习书法

其实我看到还是没看到
根本不重要
他临王羲之还是颜真卿
也无所谓

他屏住呼吸
入定
正在揣摩起承转合
攀登近在咫尺的艺术境界

多少年了
他却久久临不像
大师的生活

或忽略已久

多少年以后
我相信依然会有人提起
生活本无原创
却是黑白之谜

中秋事件

昨天傍晚下班时

我抬头瞄了一下天

知道又要出事

山顶升起的月亮

又肥又黄又无赖

直奔今夜中秋主题——

让一家子担心得抱成一团

谁是诗人

清晨从草尖滴落的露水
渗透在大地粗糙的肌肤上

重新发现这一幕语言消逝的人
变成了诗人

在大海的另一面

实现孤单
是很容易的

等她睡熟了
你就像一条海浪醒来

释义

一个美好的词语:**坠入爱河**
意味着
冒险、奋不顾身、搭救和牺牲
超越自由以及痛苦狂喜

年轻时的你曾坐在堤岸边
幻想过
然后悄然起身
选择退缩和放弃

回望河面上闪耀的光斑
随着河流的干涸
而逐渐消失
这是一个时代的隐喻

演唱会

想起一场演唱会
台下的观众像一群密集的蝗虫
准备迁徙

另一场演唱会
台下的观众举着双手像雨天的车窗刮水器
左右摇摆

那时候
我站在哪里,准备逃离
你又站在哪里,正在挣扎

有的日子
我们过得像已经失去了爱情
听着一场场别人的演唱会
也丧失了恋爱能力

2020

诗的天性

"那样的,那样的一种金黄,
轻盈得翩然直上。"
一个叫巴维尔·弗雷德曼的孩子
写下了"蝴蝶"的美妙诗句。

而一个叫莫泰利的孩子在诗里
沉重起笔——
"从明天开始,我将悲伤。"

孩子们在奥斯维辛集中营
不放弃自由写诗。

不要再旁听知识分子谈什么写诗可耻不可耻,
请延续孩子们的渴望……

好的

我注定会死在地球上
脱下一件尸体
灵魂继续往前跑
这是大海掀起巨浪的真实原因
而活着的人喜欢踩着沙滩

读奥登

我出生那一年
你已是酒鬼暮年
一条条皱纹像鞭子
深深地抽打在额头

拷问自我毁容的乱世
诗完全无用

过了不到两年
你写下生前最后一首诗
然后在一个旅馆睡去

我记得诗的第一句

"他依然热爱生活"

并让我回想你在十五岁
写的人生第一句诗
"闪闪发亮的灯光在山冈上流淌"

在海岛

初中时我先后

参加过两个同班同学的葬礼

女同学喜欢唱歌跳舞

男同学会鲤鱼打挺和劈砖

都因风

落海水而亡

因此

当我面对一根乏味的海平线时

偶尔

心里会浮现

一间漂浮的教室

里面似海浪欢声笑语

外面似黑礁石绷着忧伤的风

修改博士论文

在摩擦中爱
在爱中摩擦

他想了想
顷刻之间
走火似的
一篇关于爱情的博士论文
被他删成了两句诗

爱情只是下赌注

否则

站在

都灵街头抱着一匹马痛哭的尼采

他如何能够在一道道鞭痕中

辨析出

伟大的孤独

正午时爬上山坡看白云

几朵白云正在湛蓝的天空踱步
像有钱人晃悠在盛夏的海滨
在经历令人焦躁的时光之后
重返度假胜地

既然于事无补
它们就在松枝上停留了一会儿
做一个关于口罩的公益广告
之后便顺着另一个山头溜走了

威尼斯的 LV

春夏之交的某个下午

我沿着威尼斯某个岛的海滨匆匆行走

路过一座拱桥时

两个黑人小伙子正在台阶上兜售 LV 包

便是中国菜市场里

经常能见到的那种 LV 包

可以塞几个鸡蛋

和西红柿

阳光晒得我快眯上了眼睛

而那两个黑人戴着硕大的墨镜

反射着蓝天里的白云

朝我说着买卖的英语

海风自由且凉快

我丝毫感觉不出威尼斯正在被淹没

或感知流亡诗人布罗茨基的墓地在此

神秘人

神秘人在黑暗中翻阅大海
一页一页,哗哗哗的声音
沿着曲折的海岸搜寻我渺小的耳洞
重复重复重复……该死的一切!
我在梦里却依旧充满了无知

虚无之诗

开窗闻着黑暗的桂花清香
聆听茶园里秋虫叫得又亮又慌

世上唯虚无之诗最最难写
写着写着便泄露了人生的意义

49岁生日诗

今晚坐在马桶上

我想我还有什么没有写过的

还有什么不敢写的

写过生

写过死

生死之间的摇摆

仿佛拙劣的舞蹈

窗外下着雨

每一场雨

我并不知道其来历

当我情绪低落时

雨滴像难民涌来

白天我也看见了许多张年轻的面孔

速朽

也并非一件易事

期间得要经历许多不快乐的事

并让不快乐凝结成深深的忧郁

然后

在一个幸运的凌晨

挥发成蓝色的星光

年轻时所干下的蠢事

都将结出眼花缭乱的恶果

祝福的歌声一直遥远

犹在荒凉的心底盘旋

围坐过我生日蛋糕的亲爱的人们啊

我曾在烛光中祈祷

拆除一切爱的围栏

让我们返回最原始的陌生

返回冷漠的星空

今晚

有一杯酒

有一位爱人

有一只野猫所生的两只猫

有一场巴萨踢的欧冠足球

有一条通往死亡的不朽道路

雨滴

不停地落在这一个完美的画面上

写作方法

黑格尔认为方法
是取胜的关键
生活如此
写作如此

我爬上床
开始了久违的床头阅读
或许那几本破书
能够一脚踢我下床
刺激我去电脑的键盘上
敲出几行

几行
那将是重新发起战争的迹象
一个写作者
经常寸步难行
却难以改变投降的策略
在冬天

捂在被子里

享受活着的一丁点舒服

困了就闭眼

思想像油脂从梦里溢出

坚持在冬天写作

绕开瘟疫

一行一行地

接近春天

没有答案

早上我看见
一个女人在阳台上晾衣服
五颜六色的衣服
傍晚
她将衣服收起来

需要多大的耐心
才能过完灰色的一天

有时候老天下着雨
其实没有人想哭泣

一坨牛粪在泥泞的小路上冒烟

美国在争白宫的巨大遗产

很多人没有答案
我也稀里糊涂地活

失业的而戈在贵州天天钓鱼

他说

上钩的鱼

可死可不死

年轻的 N 次方

通过手机有教养的摄影

将自己拍得生活美美

跟一片树林搭配冬天的焰火

跟一群流浪猫亲昵互动

跟一个忧郁的湖泊玩涟漪的游戏

……

每一天的

街道

咖啡

美食

P 得不能再高的身材

每一张过滤掉细节的塑料脸

永远不掉眼泪

这有效拉开了现实

跟艺术的巨大差距

那些朋友圈里的照片

一页埋葬着一页

暗示着个人的内战

已经全面爆发

失眠阶级

我也不清楚为什么要等天亮
天自己会亮的

睡不着的人
还是那么多吗？ 还是
越来越多

床像是棺材
伤心的人喜欢蜷缩身子

或许读我的诗
就会做轻一点的美梦

2021

新年新诗

沸水倒进玻璃杯

我听到茉莉花茶的一大片尖叫

关于疼痛感的无病呻吟

以及对虚无的无比热切

正从新年的第一首诗里一跃而起

我暗示自己

我还残留着年轻时的写作虚荣

图像制作

一颗颗泪水

从她眼眶里

不断地涌出

因悲伤

或喜悦

而闪烁金属质感的高光

一张美丽而安静的面孔

开始缓缓地

因男人投射的爱

而遭

腐蚀

事件

迎来了出人意料的转机

但她始终处在

一幅

反复修改的

草图里

某一年,寒冷的大海

关于建立在沙滩上的婚姻仪式
大海的谎言必不可少

说少了
巨浪不能吞噬新郎的科幻小说
说多了
细浪不能触痛新娘的自然诗

被一根从未见过的鲸鱼刺
卡住了挪威语必经的喉咙

在挪威语里
结婚的意思也包含了"毒药"

某一年
连司仪的乌鸦都闭上了乌鸦嘴
黑夜放弃了扮演孤独的上帝

爱却不分对错

相爱的人们依旧狂欢

直到老去

只有年复一年的波涛

反复抹去沙滩上的脚印

徒劳地黏合大海那一张寒冷的面孔

海岸

奔腾的波涛
成群的饿狼
露着一排排雪白的利牙
一口
一口地啃噬漫长的沙滩
比爱情更疯狂

悲伤的人正在涌来
悲伤的人正在离去
亲爱的
现在只剩我一个人不悲伤了
移动的乌云幕布
海鸥的自由爵士
一切只为了献给
永久缺席的你

多莫尼火山口

多莫尼火山口

火星上最寂静之地

每一粒尘土

老老实实待着

等候地球上的移民入场

那里

连一把座椅都没有

主席台

还没有被发明出来

一扇军绿色框的窗户

从老房子的阳台朝下看

那一扇军绿色框的窗户

几十年前

里面曾住着一个少女

她从不拉上窗帘

夏夜蝉鸣

她先脱衣

然后拉灯

睡觉

而窗外不远处

有一个少年

总等她睡了之后才睡

在杭州和于坚晚餐

一桌子的文艺人士围着一个大圆圈

边吃边聊

气氛热烈

唯有从高原下来

戴着助听器的大诗人于坚

一言不发

埋头吃

也不喝酒

过了一阵子

他突然放下了筷子

直起身子

表示吃好了

并作简要点评

这杭州菜好吃,食材新鲜

接着

他开始发表对于某些文艺问题的看法

还在边聊边吃的一桌子人

顿时安静了下来

我也竖起了两只捣碎声音的耳朵

荷马

跟我们的眼睛
睁开或闭合
总纠结于事物的真相
不同

荷马的眼睛
仅仅装饰着生命的缺陷
他明了真相早已被人世埋葬
也不值得被任何人看见
他不相信今生今世

他有无数次祈求神灵的时刻
擅长道听途说
他将脑海里绵延的人类景象
用诗句分行
于是他比我们所看到的更辽阔
更具体更持久也更寂寞

在一个没有名字的酒吧

人生成功的调子应归于交响乐

低音部来源于多年沉积的苦闷

在嘈杂的酒吧里

总会有一桌子人轮流吹嘘

让每一天快乐地溶解在酒精里

这是我至今还能偶尔走进酒吧的唯一理由

你可以朝着有光亮的角落走去

海报墙

吧台

厕所

美女帅哥的额头

手机上的付款码

你也可以意外地拐到幽暗之地

酒桌底下

碎玻璃片的边缘

一堆呕吐物

下一支情歌

朋友们的背影

没有是是非非
以及多余的一张笑脸
如果你不打断陌生人尽情地抱怨生活
那整个晚上都将属于你孤独的自己

一只空酒杯
足够

论艺术

艺术的衰落

始于

被各路网红变成了

拍美照的背景板

而艺术的死亡

却始于我们都看到了

拍卖行落槌

激起的

金钱的万丈光芒

雨滴共情

雨滴的步伐在荒野里震响

密集的水军

带来了淹没世界的节奏

但我的情绪稳定得有点异常

面对网络上无尽的苦难

如同在凌晨鉴赏一部现实主义小说

新闻 316

自从发明了笑
人类对苦难
便习以为常了

一只飞蛾

一只飞蛾突然扑进了我的咖啡杯
它若是一个词
该有多生动

它溺水而亡
而我得继续喝下这一杯咖啡
心里念想着另一个奇异的坏句子

午夜

垃圾站边上
午夜的停车场
一对恋人在吵架
我听见一个男人吼:这就是我们还待在这里的原因!
一个穿白裙子的女人靠在车身上
车灯亮着

生活一直保留在戏剧里
这一点
没变

几只垃圾桶都已装得满满
我倒掉一袋厨房垃圾
穿过安静的马路

马路边的草丛里突然传来凄厉的猫叫
我偷偷溜过去

掏出手机

拍视频

一分钟不到

从远处开来了一辆闪着霓虹的巡逻警车

警车经过我身旁

孤独地离去

那一对恋人还在吵架

六月的一只斑鸠

一只斑鸠

死在地上已有一个多月了

黑色的羽毛尚存

依然有几只蚂蚁

爬上爬下

顺着它空空的白色骨架

和精巧的小脑壳

看起来

没有恶意

几个音乐发烧友

正在研究

一件

死亡的乐器

失控的夏天

我们允许自己不爱上自己
让任何一个问题
自生自灭

但是
一整个夏天
我们一路拔着荒草

剩下的
我们点燃了火

黄昏通红的背影消失之后
黑色的灰烬铺满了梦境
我们终于找到一条小路的尽头

在陌生之地
我们自由地拥吻在一起
感染彼此的病毒

眼睛也开始花了

站在镜子前
我想去拔掉脑门上
很显眼的一根白发
结果拔下来的
却是
一根长长的黑发

树发疯

生活依旧过得一团糟
院子里的树叶没完没了
只要你不砍掉这
毫无理智的幻觉
树根便一直在纠缠
爱捆绑了每一个人

喝酒度日
依旧是最好的选择
喝到中午打盹
喝到傍晚看晚霞
喝到午夜
再也恨不起任何一个坏人
偶尔
听见雨声

某一个中午
盛夏的烈日下

我看见一只蜗牛

烤干在水泥地上

我想到了

它身上百分之九十九的水分

犹如灵魂不朽

我想到了我身上的水分

将被蒸发

我想到了我喝的酒

它会化作雨

一针针地落下来

落在院子里的树上

然后

树发疯

树根盘结

树枝乱窜

树叶坠毁

像一场真正的爱的毁灭

而我居然看不清

树

才是永恒的酒鬼

宿醉

我低头
发现我脚边
躺着几只空酒瓶
空酒瓶之间
躺着一只大飞蛾
死了

爱情毁灭的线索
若隐若现
昨晚到底发生了什么

我不擅长用幻觉
描绘无形的事件

于是我
及时阻止了自己
继续侦查

朝鲜半岛

画着一根

充满了鸟语花香的三八线

她早已经走了

房间里

还飘着一丝苦苦的烟味

乞丐

一觉醒来时
我收到一条手机短信
朋友说
今天在大街上看到的一个乞丐长得像你

我回短信给他
说
你并不是第一个看到的人
有一年我坐在长途客车上
在安徽黟县的一条马路边
看见了自己正慢慢行走着

身体是大诗

从他从不披露自己出生年月的
个人简介里
我能读出他对生命衰老的恐慌
史蒂文斯说身体是大诗
一个对自己年轮
逃避审美的诗人
到底在写些什么呢?

彩票

书桌上有一张中国福利彩票

双色球

金额:10元

玩法:单式

倍数:1

很多数字已模糊

彩票上残留了一点咖啡渍

推开书桌前的窗子

能看见一个古老的大海

但每一条波浪都是新生的

这是一个空房间

有一张空空的单人床

紧挨着一道油漆已剥落的木门

门上的一枚生锈大铁钉

曾挂着一把红棉吉他

当他在傍晚弹奏时

阳光如同一群剑鱼

穿梭在迷幻的海面

他从不在阴天里弹吉他

太阳沿着漫长的海湾从东往西

慢慢移动着每一天的阴影

谁也不会着急

在禁渔期

几条蓝色渔船搁浅在落潮之后的滩涂

几个叼着烟的渔民站在码头

他们脸色黝黑

盯着落日而各自发呆

他们刚从一张小小的赌桌上

一哄而散

准备回家吃晚饭了

"喊你爹来吃晚饭。"楼下

传来娘的声音

偶尔会打断他的白日梦

他记得自己在十五岁那年

就已溺水而亡

一艘小货轮劈开了午夜黑漆漆的海浪

正从长江口驶离

远处的花鸟灯塔一闪一闪地亮着

那是他生前第一次看到

最令人绝望的天眼

03　05　11　12　13　25 ＋ 07

本来他以为

这一注能中

中了就能反驳老师说的"学好数理化,走遍天下

都不怕"

运气真的很重要

那一天傍晚

红彤彤的太阳正从海平线沉下去

宇宙规律似乎有迹可循

吃晚饭

母亲又去厨房炒个菜
父亲还没喝够
他敬了我一杯白酒
心平气和地跟我说
也活不太久了
等我俩不在了
你自己要照顾好自己
唉,听起来有点伤感
有的话是活出来的
既不是台词也不是诗
只是生离死别

备忘录

我看了备忘录,去年的今天,"凌晨写诗十六
首,白天大睡了一觉。"
而今年的 29 日凌晨,我毫无
灵感,没写诗。 在白天,我早早
起床,却晒到了去年不曾光顾的一大片阳光。

我坐在阳光里,重温梵高的一封书信(约
1888 年 7 月 7 日)
"我跟你说,所有人都会觉得我画得太快了,
但是你可别信他们。
……将来也会有灵感枯竭的艰难时刻。 所以要
趁热打铁……"

对! 什么都
要趁热打铁!

2022

找猫

今天是我们跨年找猫的第三天

昨晚我们在村里张贴的几十张"寻猫启事"

今早就被城管撕光了

还打来了电话警告

今天我又一路上叫着"喵喵"

沿着雨后的小溪找

我们在网上求援的一个巫女说她用天眼

看见了猫

正在溪边走

挨冻又挨饿

说得我们那个心疼啊

我想如果我是猫

就早已找到了猫

但天快要黑了

似乎又是毫无希望的一天

波德莱尔在《巴黎的忧郁》里说中国人

"在猫眼里读出时间"

但我多么希望

此刻

能在时间里读出猫眼

夜行

夜行
我发现一对殉情恋人
如寂静的礁石
仰躺在河床上

有一点点
星光
闪烁在天空的深渊
比求救的信号还弱

我想等天亮之后
再溜达过去瞧瞧

洞察某些神秘之事
我反而不太着急
几只野猫
正围着停车场的垃圾箱
吃夜宵

海鸥

海鸥的哭泣及时打断了我们的争论
否则一场寒流将会把我们所有人引向一个愚蠢的结论
让我们把头埋在灯塔的阴影里
无视冬天熄灭的阳光

有人甚至一辈子都没在阳光里打过一个盹
沿着荒凉的海滩
海鸥如同一张张白纸在天空翻卷着
暴雨在乌云的眼眶里涌动
大海恢弘的剧场已为我们拉开了悲剧的序幕

题自画像

画出了鬼影
才有人样

新闻 424

他突然觉得遗书上

有一个错别字

于是他从万丈深渊爬了上来

善意提醒

每一个诗人
都应该至少写一首关于猫的诗
否则在猫的世界里
你就不是一个诗人

美妙无比

在凌晨敲着字

听着键盘上的雨滴声

这美妙无比

在窗台上放着一只酒杯

月影移动

喝空

再倒满

这美妙无比

思想抽干的豆腐脑里

重新蓄满铁钉的灵感

这美妙无比

然后

把一切抱怨生活的脏话

都转化成美妙无比的诗

除此之外

我不太清楚

是否还有一种更有价值的自我诅咒

比夜莺孤独的歌唱

更美妙无比

入梅

熬夜等来了又一个黎明

我看向窗外

浓雾在山麓蒸腾

山峰消融在天空

鸟群叽叽喳喳

试着与人沟通

我知道

祸不单行

千百年来这鸟语依旧无效

人类现在

开始忙火星上

那一点破事了

最初的空白

生活即是一错再错
而不是在思考中活着
还活得
像一条狗

今晚的月亮
特别大
起初有点黄
它在天空慢跑

越跑越亮
但偶尔被一块黑云遮住了

千山万水
等着它

田野蛙声填满了我
脑子里最初的一片空白

九百年

可不是一个小数字

我坐在院子里喝一杯啤酒

醉意

并不是万能的

今生已无缘

跟李清照喝上一杯

苍茫的大海已心生波涛的倦意

2022年的红色日记本天天放在电脑桌上
在我眼皮底下
如同石沉大海
多少天没写日记了我并不清楚
也许
留一些空白
必将成为我们彼此失忆的证据

亲爱的
记得我们手牵手走过漫长而阴暗的海岸
曾看见一个孩子蹲在沙坑里
用两只小手
抹着属于她自己的眼泪
那时
谁也夺不去她的悲伤

音量研究

蛙声循环着夏天的躁动

加深了绿色的忧郁

流行歌手自我感觉良好

反复演唱一首成名曲

每个生命体都有自己熟悉的舞台

炫耀活着的意义

至于我

靠遗忘而活下来

在最后一行诗句里突然失声

……

布考斯基在晚年

布考斯基说威士忌

进入醉的状态

太快

不利于写作

而啤酒不断地灌下去

让人频繁上厕所

容易打断写作灵感

总之他说

喝廉价的红葡萄酒

能保证几个小时的写作状态

因此布考斯基在有了点钱的晚年

已拥有了成熟的军事知识

他总想取胜

贪恋战利品

他每天喝上帝之血

以拒绝写作的失败

斯德哥尔摩

几块岛永久漂浮在大海上
患着蓝色的斯德哥尔摩综合征

我往大桥走去
教堂传单浸泡在路面的雨水中
海鸥在透明的天空打滚

曾经
每一种想法都经历过整体
每一个人都活在自己的孤岛里

新闻 471

一支玩具枪静静躺在贮藏室的角落
积满了厚厚的灰尘
儿童时代的战争彻底结束了

词

词

已很久不来麻烦我了

诗意如此荒芜

在一片只长野草而不开鲜花的土地上

每一颗清晨的露珠

不再倾听自己越来越弱的心跳

不再消逝

那是诗的末日

词如光隐没

一切语言即将被神灵没收

2024

六月游武夷山及一个男人的故事

蝉鸣声，鸟叫声，瀑布声，战斗机的轰响声，老游客的
咳嗽声，孩子的嬉闹声，茶树的摇曳声
我走在峡谷里，声声入耳
我尤其还记得那酒店女服务员的抱怨声——
男人把所有灯都打开，不停地给前台打电话
把所有水龙头都拧开，让水哗啦啦地哭着……
把电视机的音量调到最高分贝，中止了隔壁的叫床
把浴袍扔进马桶
中午退房前，他用白床单擦亮皮鞋

除夕之夜

除夕之夜

星光灿烂

怎么办

在那贫穷的岁月

可我的三爷爷总有法子

他给三个孩子

先发压岁钱

然后一起打牌赌钱

欢声笑语地度过了一晚

他把一家的生活费又都赢了回来

最后

困倦的孩子们

打着哈欠去床上睡觉

去做美梦

1948年，在北平的故宫拔草

有四个男人蹲在故宫的地上拔草
有一个弯腰站立的男人手握扫帚
他们穿着旧棉袄面对岁月的荒芜
而几块大补丁和一顶巴拿马礼帽
那些细节都不值一提或难以追究
末代太监们早早就被遣散而尽了
这是外国大师拍摄的一张黑白照
看不清他们拔的是青草还是枯草
屁股后面的宫殿也蹲在薄雾之中
如同眼神忧郁的巨兽等待帝国的春风重临

天台寻寒山

瀑布前的寒山

雪地里的寒山

落叶上的寒山

巨石间的寒山

山风中的寒山

从国清寺沿山路攀登的寒山

听着蝉鸣默诵着诗句的寒山

拾柴火的寒山

小解的寒山

熟睡的寒山

哈哈大笑的寒山

我边走边想着

我内心的寒山

在一个云雾缭绕的三岔路口

我突然停下来

朝一个看守山林的老头打听

如何通往寒山住过的山洞

他却是一个哑巴

热情地比画着手

指向天空

一个说明

2002年,由楚尘策划、本人主编的"年代诗丛"第一辑出版,2003年出版了"年代诗丛"第二辑,两辑共二十本。"年代诗丛"一经出版,迅速成为当年诗歌丛书有口皆碑的品牌,就诗歌写作而言,亦标榜了必要的专业性标准。时至今日,入选的诗人大多已成为汉语诗歌写作中名副其实的中坚力量,如杨黎、柏桦、翟永明、何小竹、于小韦、吉木狼格、小安、杨键、蓝蓝、伊沙、刘立杆、小海。但由于种种原因,"年代诗丛"的出版未能延续,当年的盛举已逐渐化为一个遥远而美丽的传说。

感谢江苏凤凰文艺出版社,有如此魅力和信心重启"年代诗丛"。二十年过去了,今天的出版环境已不同于当年,诗集出版量剧增,某些情形下甚至有泛滥漫溢的倾向,喧哗骚动中更显出了自觉写作者的被动、孤寂。选编"年代诗丛"第三辑(重启卷)的目的一如既往,即是要将其中最优异且隐而未显的诗人加以挖掘,呈现给敏感而热情的诗歌读者。这应该也是编者和出版者共同意识到的责任。

因此我们的选择无关诗人的年龄、知名度,要求的仅仅是写得足够优异以及具有独创性的新一代诗人,特别是其中对读者而言较为生疏的面孔。"年代诗丛"也因此寻觅到一个新的开端,是为"重启"。希望下面还会有"年代诗丛"第四辑、第五辑……

以上文字并非后记,只是一个必要的说明。

韩 东

2023.9.17